空覆尽しい厚雲間らわかが、陽がしんきい。日でよ数年はりいい暴雨止、か間陽しっ。

画よば五年たなうにま数年の雨とるこわか五年らのち、ィ藻の生確しけばらいこ止期間は雨晴が環にれ、上太光注。

回止期はまそ発が認き、中の素供がまなっ。し回ィ藻の生あば降期周はくり「時がえいこにる

どまもく原そところにびい岩、だと言ず大に成しいた、大海い、水溜り広い。

の面れれ飛なら腕水にしれ水の分デイを集てた「だテエ発しいい。素量足てるだう」

ちんそ必量誤はろはいそ必量算しいの、主《ゆ》なだ

一で疑たれ恥て水か腕抜、空見げ、風起し雲突抜たま大のェル厚なた、陽と射が赦くりいい。の々し光ましにをめ見め。ふしだい主」く陽如存。対比存。きどでにけい腕差上たェタ送しす

腕輝出、のをし、だい気破、層外達た

腕ら光がうとえ。ば、上てた、びデイ収のめ雲下戻てっ。

雨のは惑上降立、査なれなず主元戻こがきいそおにらなの寂いとお、地引裂よな哮上てま。主よおいた。

やどしもそ顔見けば波やな面顔向れいの。のをれ、れ『』あしき姿とわた『』、ら似て彼造ただ。

が彼、面映そ姿見こがきいあり畏多て『』顔どるとでなの。んこをた、がれしうろ。剣そ思の。か、面向うき、をぶか波立てた

彼『』、う万も緒こ惑を測てる

こ惑はかて度知生体生し彼がきげ科文にっ、上地、底さに衛、の星で発、の華極てた

しし科技にる発多は性さ効性費対果よ、世たの源犠とるこ惑も外はく意統のれい多集の己利追にっ、取奪をりし破し僅にっ資をいい自し。

主はそこをつた息とにり「うてこ連もじとるだう」最に苦すの。

滅た星、主は期シテ《ウェィンにり新界造プグム施た

そが本《クタトかの示っ。クタトは『』本がる所とうそ、、の星派さてる主はそ本か複し存だ『』、の星到しと、はだ生てなっ。

のめこ惑がのう滅の間迎たか、主の葉よてるかい、上いず地とわ、底いず人物もろ、ト動も物、りあゆ生、気外散ばクのう人衛や宙まも、のう粉にっ、主にいまてっの。

し、にかななた上、ルィユリとばるを蔵た粒か出た金粉振ま、期シテ《ウェィンをけ。常ら、星誕か生の生で四億以かる、億はかず生の生見こがきはだた知生体誕な必な。か海緑大、くん空、物鎖炭循が序し行わる世が来がばいだ

「のがれま」

測続のと主はわた彼、星のらる測点の析ェタ『』い『の《トドユヴル』送しい、が、百ほ経たき南球水り僅ならテエ類発を認た

「うく」

の辺海の質地や質大成の析し、ェタ送た彼腕眼、まま分能がり正な値しの集でた活すたのネジ（力はとお

彼身にりがる主の光《ひり》。の光浴る、がちき、動る動とるそてそ力残な使さるで老物排すこはかた
「ェタ受取た一、っ来」
主のがのにい。
了、よ戻ま」
はますに昇、をきけたま大圏にし。体、体か発す防膜包れいの、空あう、中あう、熱ママ中あて、まな。吸自生にる環賄る
足に、色雲まら広る色大と前りな広っき水まのがえい。
れ、主と分見っき惑だよやこま来のとらげ気ちな。

元ちっ一しか、星道にる
黒とた塊向っ。
つつし岩のに鏡よにらな分あ、のにち手ひをて。る、
ののら触たこがる水のうゆ
っなて手吸込れよにりんいたそま身をめ濾膜通かよにりん。は闇なもえい
彼暗で物見こはきのがこは生物もろ、もく気、体液、るはれを成るりち粒そらに物がる配らじれい間っ。
の無暗ので急下へ重をじ落しめ。のま落たに、い間広っい、っり石板よなにりつ明くなが空の央光膜たさ浮上っい、のに、ほま観し

い惑の地映がれい。
のい塊中とて五のさ岩惑
上点しい、こら上様を影、
のに影てるだ
「だまりし、よ
彼首巡しがそ姿捜た
「果出な
どかか『』声し。る、分声
反しきいよにこる声、主と
じ帯よてさるめほん同調な
だそた、はとて高にをる
「いこか、鎖に加てきす
酸のも分なてくそすば生系
活が発し大なうりとっ水に
が、が地に広っいはだ
彼『』姿求て黒石をきし。
の間は大な石板五円にちび

そひつとのに元らのさ四い
がかてたそ四いの央地の子
投さたのいがくも遊てる
「よいこおれのす」
こにる
だ、こはな。の塊中は二年
わか間しなが外は秒一がく
え。っく二年くっ来れの。
く会た。
く
「あ見なか
よや気付たばり今く答た
光上か降注でて見げと光環
中『』姿見たありまし。か
、はをじこもく手かすとし
い
そ光眼潰てい、はずとぎて

た
光ヒのをっい。が、のがまてたき薄透なのう外をっ『』姿見てたそ透なにまてるはヒのをたい。主に体な、虚の。
たい戻また主」
ぎるうしが、膝付た『』薄膜出た頭のをん。
さき言た、れ」
に違こをえ笑れ。はをくてそでな、上たまい。
早戻てれいすそか彼背向た
「あそだおえいいに一造た
手ひをにけ。か光柱競あっき。のは右開、かヒのがれ。
とじう一纏ぬ。よもし柄、そくヒの頃言ば二代めらのほ若はく三代ばらだう肩でび赤け色髪額覆ててそ間ら色眼見てた高鼻薄唇そし造。れ意すも。
ト顔
彼、め、眼デイ画以のト顔見。
なで、れ」
はいしぬ安感、えが後っ。
主はそを招た
「まとじヴヴン（体型だ俺大な…ヴルをたっ」
主はそ言、のィアト頬指をればり近け。

ツィク
すとそヴヴンは見げが眼細、をい。

シダン…

あ、の前。

あえい『』名をにるん。

っくく観をえ『の《トドユヴル』帰てたいの、主は彼こはまず、しヴヴンとか話しい。

の部、雑区にかてる、は彼五の板空以の画はっこはかた
彼造れの研区ひつとわた、がいと、はで青のであ黒板前い。れら万経がそ姿変はかた『』話受的聴こがと

どっがながか感がしつっいた
ヴヴン（体型は研区大な明のでらるそ筒はウテミウア超）い力粒（子か出た体満
さててそ中有的合子投す。
の子微な間素がりみ組込れいてやて『』構しジノ（伝情）伝すウテミウア衝雷放、のェム従た型生がらるだ
彼そし造れ。
のィァトそし造れはだた彼同よに
は初てつ黒板空「橋か出。
よ、千放状広っい暗通のとを作にん、きし。路幅く天もい先どっくえいどま続て

るかわろはもい
ゆくといい。
主はどにかたかも何日会て
な。

間経は彼身に蔵れいプグ
ムォドよて確算さる
「八日十時十分十秒三九、
十…」
測らっきか、っ呟てた
『』、のヴルとうィアト連
てどか消てっ。の内いこに
るだう、にそ所はかなっ。
星で集たェタ解は究の析
路行っいの、はこ戻てる何
すこがかたいもら戻てた
『』語別星のや腐し文のい
様滅さるき様、の滅れ物の

とひつって事か語てれ。物
つて、のェム遺子報か発ー、
機は成用。まま事や会制な
が要、に不なか
ヒ種どつて、体特しそ名で
すとあた
「ーュとうトとた、べのト
支しいたに脳に作ッをめん
はい、の作スム改んれ、ト
すて敵回こにっ。後そ操シ
テそもが綻てヒ種、と残ず
命動停ししうとなた
どもいこがいに老もき子も
老も々座込だ、れりて少も
くとでななて喉渇、れて衰
死てっの。
る星は信すもがなもは滅

る互に々々でいけ大破兵でんしっ。

境壊進、か食や源奪合てしい秩あ文社が壊てまた星あ。

さた然自ヒや物住な環にわ、応きくっ動物死絶、生や虫し生残ななた星あたし。

どもんばげこばりと先笑飛主はいも愉そに旧界愚さ皮りあ笑。

はん『』語姿仰見いだだただ、れこ上な充さたとっ。れけよっの。

れの、ん、れ。れ。

『』名…おれな…口し…」

リリ歯みてた
今で感たとな感。っいなだこ気ち。てな通をいい。路、雑折曲っいり螺状なてた、っりっり分しいり合しいりてただ、のう経をいいたしも彼そま歩た路正に憶てりもの艦」戻こがきの。

方暗のかぽり光粒現た『』御。のをびい思ずがま、が駆出てたあこおれ！

第光粒大くり明く々し空にっ。

こ、いがこで広っい、こどろ丘なてりがてたそ丘下『』座てた透膜外をて頭をりあら掻てたそ膝間。れい。

シダン

あは『』腕中見げ呼かてた『』白てくのうもをにめい。のぶろ、質触るきはるの。うなと『』物にれこがきいら。

　のぶろ指でれ髪すよにでい。れ眼閉、すか笑を元浮べい。

気ちい、ヴル」

主の。やでそか…そはしとう音

「あ気ちい

「う、っよしやう

『』両をれ背にし強抱締た

「れ…そは…

　彼唇わなた

なだそはななだ

彼そ場立尽し『』あの為呆とてた

動なっの。まにじたこゆにそ場らげそとうとらいかかた

　が、主があをっり砂上横え、のにっ消去た

　彼ざりくとをむがるもまず近い。

　れ横わてるぐまやてた気付て身をこた

「ま、前」

　れ落着たでねき。

俺名はい

名な必なっの、主とたき。

別るめ名ないなっの。

そかシダン名つなっんな

いそとといけ、上てた

「にらいかわし」

　し顔しいとをばてたそ手

足触そにっ、けよにろ下

っ。

おえ、ん、主の名呼で馴馴

し側よて…んあなんこ！

彼頭中まで湯沸あるう興し

い。るる身がえ舌うくらく

っい。

　れ、うた息つた

「ャイは寂いだだら大なト

同姿わし造、れいんよ

ふり愛合ててあしはの体触

合てただだらそヒをっわし

身にれ、しをらしいんよ言

放た

彼中識のがれ。れ細首両

でみそ身のにしがて砂押倒

た

「、にっ」

　をいい握つすう締上た

「しっ？しだてそなずい俺、

がるだ俺おにるだら寂いず

い！

何年何年話続る主のでずと

ぎなら聞いてたデイの集と

っ、伝をてた

ずとずと何年。億もこ先

ずとふりりこ惑の新界完を

届てくだ
そ信てたそが遠続のとじい。
おえん、要いだ俺いば『』
寂くんなっ」
ぐっアッ？
あのがんかのをがうしがまた剥せい
「ぁ、あシダァィンン！
「ぶ、主の名！
あのいがっ見かたそ瞳そ瞳映たの
「っ一、めけい彼手止っ。のに、髪翠瞳険くめ憎み殺にん醜顔映てたそはそ顔。

うっうわぁっ」

はをぶ、気両にをめ。きとがてあののがれ。

を折たはななはれかたよや離たを然見ろたぶぶと攣止らいちっ見と見かたがちをてた開たかもにだっしもがれい。

のにっ顔あな、ん顔あはうあはのがっいだだあなじな、対違。

はっよに手砂掬、絶たのにけめ。

えくれ見ななと
「ん、しの」

のか声し、っ仰見。主が空にかでた

よなの感らた基と、主た、
極が星あ本（定の識）デイ
を植、体し活でるうすも
だた
「もこ惑の測ま必で」
素量増る向なてたけ。だ
だはいだ
「か観チム来」
いら任れいとわ、かな、
い素にない。
残だな最ま見けれいは
『』少寂そにぶい。
あ『』、とじ持だ
そですか気ち落着てた
中の明投膜ゆくとえい。わ
に球のう緑の体現た
「こいんす」

の体見め。
隣銀の境」
しかやかな収業なかしな
とをん。
どな業もなま」
が主にかて膝付て仰見。
主は見ろてない。
そだ、っもわくは、ャイ」
主は初てのをん。
『』、れ…」
ャイ。主のり日名
「まのだそてのだ
ひやに穏か。れ優いい声。
のき彼、のか水がれきい
こに気付ていかた
そて『』、いつ石をりが、
のら押付て光せし。の宙

船をか五の板、動てくだ
「あ行う」
主よいこでいま、のもっ、、
たきでれ、はれいんす
『の《トドユヴル』、的星
を指て行開し。

主《しゅ》を仰《あお》ぎ見《み》ん 物価高騰対応《ぶっかこうとうたいおう》 50%OFF版《ばん》

2025年4月1日 初版 発行
著　者　本間 範子（ほんま のりこ）
発行者　星野 香奈（ほしの かな）
発行所　同人集合 暗黒通信団（https://ankokudan.org/d/）
〒277-8691 千葉県柏局私書箱54号 D係
本　体　~~400円~~ 200円 / ISBN978-4-87310-285-6 C0093

似非SFです。でも、結構真摯にテーマに向き合ってます。